LES
LANIÈRES

SATIRE

PAR

FRÉDÉRIC DAMÉ

---

40 CENTIMES

EN VENTE

CHEZ PLATAUT, ROY ET Cⁱᵉ

15, rue du Croissant, 15

—

1868

S LANIÈRES

SATIRE

PARIS. — IMPRIMERIE VALLÉE, 16, RUE DU CROISSANT.

LES

LANIÈRES

SATIRE

PAR

FRÉDÉRIC DAMÉ

EN VENTE

CHEZ PLATAUT & ROY

15, RUE DU CROISSANT, 15.

1868

LES LANIÈRES

SATIRE

A NÉMÉSIS

Rêves sombres, dorés, qu'on appelle mensonges,
Mirage du sommeil sur l'esprit agité,
      Hélas ! pourquoi les songes
Ne sont-ils bien souvent que la réalité.
                              F. D.

Je dormais, j'ai rêvé !... c'était un rêve étrange :

Je voyais se vautrer des hommes dans la fange ;

Je restai stupéfait, hagard, les regardant.

Leurs habits en ruine aux épaules pendant,

Leurs fronts qu'avait ridés l'ongle de la paresse,

Cette mélancolique et terrible maîtresse,

Sirène aux premiers jours et mégère à la fin

Qui vous jette vivant dans les bras de la faim ;

Leurs visages creusés par la griffe du vice ;

Tout en eux indiquait des repris de justice.

Les yeux rouges de sang, pleins d'un hideux transport,

Ils criaient, s'égorgeaient devant quelques tas d'or.

Des hommes au front pur et rayonnant, — des sages

Passèrent. La rougeur envahit leurs visages ;

Ils s'enfuirent. La tourbe aussitôt leur jeta

Des pierres, de la boue et puis les insulta.

Des serpents, des crapauds, des animaux immondes

A côté de ces gens, dans ces vases profondes

Se pressaient, se heurtaient, courant, sifflant, bavant,

Revenaient sur leurs pas et bavaient comme avant

Sur les cailloux luisants, sur les fleurs de la rive

Et sur le sable blond d'une source d'eau vive.

Un vent impétueux plein d'orage et de nuit

Courbait ces fronts blêmis de débauche et d'ennui,

Sans cesse on entendait s'arracher de ces bouches

D'effrayants cris de joie et des soupirs farouches.

Un homme, au-dessus d'eux, la cravache à la main,

A cheval et botté, leur montrait le chemin...

O Dante Alighieri! Dans tes nuits d'insomnie,

Dans les rêves fiévreux de ton brûlant génie,

As tu jamais rien vu de pareil en effet ?...

Ces hommes, quels sont-ils ? Ces hommes, qu'ont-ils fait ?

.   .   .   .

———

La vision changea. Devant moi, belle, nue,

Forte, resplendissante, une femme inconnue

Se tenait. Ses cheveux déroulés frissonnaient

Sur son dos. Les éclairs de ses yeux contenaient

Tant de sombre courroux, tant de pâle colère,

Tant d'indignation et d'ironie amère,

Que je sentis soudain tous mes membres trembler,

Mes muscles tressaillir, et mon cœur se troubler.

Elle parla, sa voix âpre, retentissante,

Bondissait, soulevant sa poitrine puissante,

Comme un fleuve emporté qui, dépassant ses bords,

Gonfle ses larges flots et s'élance au dehors :

« Poëte, calme-toi. Calme l'étrange crainte

Dont tes sens sont saisis.

Viens ! écoute ma voix, je te parle sans feinte.

Mon nom est Némésis.

» Poëte, viens à moi ! car l'époque m'enchante,

    Car je suis belle encor.

Je ne suis pas changée et ma voix quand je chante

    A les éclats du cor.

» Viens à moi ! viens à moi ! Nous chanterons ensemble

    Sur la lyre d'airain,

Et nous mettrons dehors tous les vendeurs du Temple.

    Viens ! j'ai le fouet en main.

» Je te ferai toucher du doigt les turpitudes

    Des hommes de ce temps ;

Nous les étalerons aux yeux des multitudes

    Sous les cieux éclatants.

» Ils n'ont ni foi, ni lois ; ils sont sans conscience,

Tous à vendre ou vendus.

Cependant autour d'eux la foule fait silence ;

Leurs cris sont entendus.

» Ils soufflètent les gens et les traitent d'infâmes,

Et vendent à faux poids.

Ils trafiquent de tout : ils ont vendu leurs femmes,

Ils ont vendu leurs voix.

» Ils portent l'arc-en-ciel après leurs boutonnières,

Sans doute ils l'ont volé.

Soleil, tu les as vus déployer leurs bannières,

Tu ne t'es point voilé !

» Non ! place à ces seigneurs, car leurs bourses résonnent;

Ils ont le verbe haut;

Ils sont les maîtres seuls; gare à ceux qui raisonnent.

L'argent est leur pivot.

» Leur honneur est flétri, leur amitié funeste;

L'ombre est sur leur chemin,

Qu'importe! approchez-vous puisque l'argent leur reste,

Et tendez leur la main.

» Prenez comme eux le knout et frappez de main ferme

La Vierge Liberté,

Qui, stoïque, acceptant l'exil sans fin, ni terme,

Bénit l'Humanité.

» Hurlez avec les loups, les âmes déloyales
       Et les sonneurs d'écus ;
Du parti du plus fort, soyez impitoyables
       Et malheur aux vaincus.

» Mais non ! Devenez grands ! fuyez les infamies.
       Sortez de ce bourbier.
Poëte, réveillons les âmes endormies.
       Il ne faut plus plier.

» Il faut que les roseaux redeviennent des chênes
       Et bravent l'ouragan ;
Il faut que l'on secoue à la hâte les chaînes
       Du mépris arrogant.

» Et si, rouges d'éclairs, se déchirent les nues,

    Que se lèvent les fronts,

» Fiers, hautains, souriants, que les âmes soient nues,

    Pures de tous affronts. »

. . . .

La vision changea. L'air s'emplit de murmures.

Les arbres balançaient leurs chantantes ramures ;

Le vent en soupirant frissonnait dans les fleurs ;

La Nature versait souriante des pleurs,

Perles qui s'attachaient ruisselantes aux herbes

Et dardaient au soleil des reflets d'or superbes.

Le soir venait. Les nids modulaient leur amour.

Et le ruisseau brillait des derniers feux du jour

Un chœur de jeunes gens, teints frais et bouches roses,

Longs cheveux dénoués et couronnés de roses,

Assis en rond sur l'herbe et la coupe à la main

Chantaient, et leurs baisers faisaient un doux refrain.

» Chantons ! vive l'ivresse

La folie et l'amour.

Les nuits où l'on caresse

Une ondoyante tresse,

Où l'on boit jusqu'au jour.

» Chantons, l'âme ravie !

Jetons à pleine main

Des fleurs sur notre vie ;

Celui qui nous envie

Suivra notre chemin.

» Chantons ! Vivent les femmes !

Chantons ! plus de soucis !

Si Satan veut nos âmes,

A nos bols pleins de flammes

Ses doigts seront roussis.

» Chantons ! Vivent les roses

Aux parfums enivrants !

Fuyons les cœurs moroses,

3.

Les femmes à chloroses
Et les livres navrants.

» Chantons ! Foin de la gloire
Et de tous ses guerriers.
Halte là ! vieille Histoire,
Arrête-toi ; pour boire
Point ne faut de lauriers.

» Qu'importe la Patrie !
Ses chevaux sont mauvais.
Angleterre, on parie
Pour toi seule, on s'écrie :
Ah ! si j'étais Anglais !

» Chantons! la politique.

Est bonne pour les vieux.

C'est une chose antique

Qu'on laisse au famélique,

Au sot ambitieux.

» Buvons! que la folie

Règne sur nous toujours.

Buvons jusqu'à la lie

Le vin où l'on oublie,

Le vin, dieu des amours.

» Chantons, et que l'or brille

Emporté par le jeu,

Et que le vin pétille,

Et qu'on ait mainte fille

Seins nus, lèvres en feu. »

. . . .

———————

La vision s'enfuit. Une route sans fin

Étalait au soleil son brûlant sable fin.

Pas un arbre, un brin d'herbe, un fossé ! Rien ! Pas d'ombre

Pas un souffle de vent dans le ciel d'un bleu sombre.

Rien ! Rien que le soleil tombant d'aplomb, — Des gueux

Suivaient ce dur chemin, emmenant avec eux

Des enfants tout petits et blémis par le jeûne !...

(Ah ! pour mourir de faim on n'est jamais trop jeune !)

Ils allaient les pieds nus, hâves, tristes, sans pain,

Rongés par la phthisie et rongés par la faim ;

Ils allaient sans parler, abattus, l'âme noire,

Cherchant en vain un mot joyeux en leur mémoire.

Ils allaient lentement sous ce soleil de plomb,

Et d'instants en instants pour s'essuyer le front,

S'arrêtant. Depuis l'aube, ils suivent cette route,

Implorant les passants, et leur disant sans doute

Qu'ils n'avaient pas mangé, que tous ils avaient faim.

Mais qu'importe aux passants! ils ont le ventre plein!

Ils ne comprennent pas que la farine est chère.

Ils ont pour la payer, ils feront bonne chère,

Demain si, par malheur, longeant le boulevard,

Ils croisent en chemin, un pauvre corbillard,

Ils ne penseront pas qu'ils auraient pu mieux faire.

Ils ne se diront pas : « Si c'était la misère!... »

Ils ne salueront pas. — Il est de mauvais ton

De saluer un gueux, un pâle rejeton

De cet arbre souffrant, sans feuillage et sans ombre,

Qui croît sans chants d'oiseaux dans sa ramure sombre,

Sans fleurs après l'hiver, sans fruits après l'été,

De cet arbre au tronc large appelé Pauvreté.

Un gueux! c'est comme un chien; quand il crève, on l'enterre

Honteusement, avec un prêtre solitaire,

Qui, n'étant pas payé, dit la messe en courant,

Le jette au croquemort qui l'emporte en jurant,

Puis rentre s'attabler près de sa coupe pleine.

Pendant ce temps, du gueux l'âme erre par la plaine.

Je les vis tout à coup s'arrêter. Ils chantaient.

Les échos d'alentour après eux répétaient.

« Nous marchons sans fin et sans trêve,

Pensifs, abandonnés, sans but,

Mornes dans notre sombre rêve,

La mer nous rejette à la grève,

De tout nous sommes le rebut.

» Un chien, au moins on le caresse;
Rien ne rit dans notre chemin,
Jamais nous n'avons de maîtresse,
Le désespoir est notre ivresse,
Et notre compagne, la faim.

» Oui, nous sommes les misérables,
Les parias et les maudits.
Mille morts seraient préférables
A ces tourments inendurables
Qu'on endure dans nos taudis.

» Les riches appellent paresse
Notre vague inactivité.
Enorgueillis de leur richesse;

Ils nous ont écrasé sans cesse
Sous le talon de leur fierté.

» On nous méprise, on nous repousse,
On nous fuit comme des galeux.
Pour nous, les bois n'ont point de mousse,
Ni les oiseaux de chanson douce,
Ni les femmes de tendres yeux.

» Pour nous, tout est froid dans la vie,
Le soleil n'a. pas de rayons ;
Notre âme rêve inassouvie,
Jamais riante, ni ravie ;
Nous grelottons sous nos haillons.

» Quand Dieu, — que l'on nomme le Sage, —

Créa le monde, il nous donna

La Pauvreté pour seul partage ;

Il mit sur le jour un nuage,

Et puis il nous abandonna. »

. . . .

Ah ! voile-toi la face, ô muse au front sacré.

Je les ai vus. C'est bien. Muse, je chanterai !...

FRÉDÉRIC DAMÉ

BALLADE

POUR PRÉSENTER REQUÊTE

A MONSEIGNEUR DE PARIS

BALLADE

pour présenter requête

A MONSEIGNEUR DE PARIS

Une voix passe en pleurant dans la nuit,

Le vent murmure et le peuple sommeille ;

L'horloge sonne une heure après minuit.

Les muscadins autour de la bouteille,

Les yeux brûlants et la lèvre vermeille,

Fêtent le vin, l'amour et la chanson.

Sur chaque bague éclate un écusson,

Et l'or joyeux gonfle chaque escarcelle....

Mais à quoi bon regarder l'horizon ?...

La Liberté se meurt. — Priez pour elle !

Dans la mansarde où le froid le poursuit,

Où rarement le soleil le réveille,

Où le malheur effaré s'introduit,

L'ouvrier songe, et pleure, et lutte, et veille.

A chaque bruit, il court prêter l'oreille

Et tout son corps est pris d'un long frisson ;

Car il espère écrire sur son blason

Ce mot sacré qui de loin étincelle :

Égalité ! Tartuffe avait raison...

La Liberté se meurt. — Priez pour elle !

Les moissonneurs s'en vont sous le soleil qui luit ;

Le paysan, l'œil au guet, les surveille

Et fait déjà le compte du produit :

En ajoutant les raisins de sa treille

A quelques fûts d'une liqueur plus vieille,

Il se fera construire une maison.

Il mariera sa fille et son garçon

Et votera la liste officielle.

Foin du pays quand belle est la moisson !...

La Liberté se meurt. — Priez pour elle !

ENVOI.

O Monseigneur ! une simple oraison :

Nous vous payrons. Hélas ! elle était belle,

Nous avions cru qu'elle était immortelle ;

Mais l'air est lourd au fond de la prison...

La Liberté se meurt. — Priez pour elle.

FRÉDÉRIC DAMÉ.

A MON PÈRE

A toi cette première note, où, tout entier j'ai mis mon cœur, qui tour à tour rit et sanglotte avec la joie et la douleur.

F. D.

PITRES ET COURTISANES

SATIRE

DÉDIÉE A

ARSÈNE HOUSSAYE

AUTEUR DES GRANDES DAMES

50 centimes.